어머니, 민갑한

어머니, 민갑한

펴 낸 날/ 초판1쇄 2023년 12월 27일
지 은 이/ 민갑한 가족

펴 낸 곳/ 도서출판 기역
편　　집/ 책마을해리

출판등록/ 2010년 8월 2일(제313-2010-236)
주　　소/ 경기도 파주시 회동길 363-8 출판도시
문　　의/ (대표전화)070-4175-0914, (전송)070-4209-1709

※『어머니, 민갑한』 자서전 쓰기에 함께해 주신 전유성 선생님께 감사 드립니다.

ISBN 979-11-91199-76-5 03810

어머니, 민갑한

민갑한 가족 함께씀

ㄱ

엄마, 어딨어? 밥 줘

어렸을 때 엄마가 학교에 오시면 멀리서도 엄마를 알아보았다. 학부형들이 아무리 많이 와도 한눈에 엄마가 보였다.

나이가 들면서 우리 엄마 또래들에게서 우리 엄마의 모습이 보이기 시작한다.

도시에서도, 지방 소도시 장날 장터 여기 저기서도 내 엄마 같은 이 나라의 엄마들이 보인다. 꼬부랑 꼬부랑 헤어스타일, 허리를 뒤로 젖히고 걷는 걸음걸이, 사려는 물건을 이리 뒤적 저리 뒤적하는 손동작……. 처음 보면서도 안녕하세요, 인사하면 햇살처럼 환하게 웃는 얼굴에 우리 엄마 살아온 세월이 보인다.

살아오신 세월속에 겪었던 일들이, 정치적 상황이, 된장찌개 끓여놓고 식구들 기다리며 바라보던 저녁 노을이 곱구나,

징그럽게 춥던 겨울이 끝나고 개나리가 필 때 봄이 왔구나 느꼈던 감정이 남편의 술주정이, 아이들의 성적표를 보고 공부 잘하기만을 바라던 염원이 거의 거의 비슷비슷해서 일꺼라!

매미가 시끄럽게 덥다고 엉엉 울던, 뜨겁고 더운 여름날의 오이냉국이 나를 키웠고 엄마가 꿰매어준 양말을 신고 나는 건강한 아이가 되었고, 등짝에 내리쳐진 빗자루가 정직하라고 가르쳤다.

그뿐이랴! 새학기가 시작되면 달력을 뜯어 새 교과서에 옷을 입혀주셨던 손이 책 읽기 좋아하는 오늘날의 나를 만들었고, '아이고 이노무자식아' 소리가 바른 길로 가게 응원해주셨지. 어머니가 이 세상에 안 계신 지금은 내가 나의 엄마가 되었을까? 으아아! 길이 멀구나!

민 할머니의 회고록에 쬐끔 참여하면서 우리 엄마 곁들여서 할머니까지 보인다.

저세상 가서 엄마 만나면 꼭하고 싶은 말이 있다.

엄마, 어딨어? 밥 줘!

2023년 가을 전유성

5

어머니, 민갑한

민갑한 어머니의 이야기는 한 사람의 삶이 가지고 있는 곰삭은 이야기인데 그 원단에서 아주 작은 부분적인 천 조각을 잘라 햇빛에 말려보는 일이 아닐까 생각해 보았다.

점이 모여 선이 된다고 했다. 이보다 훨씬 많은 점들이 있지만 이 정도의 점으로 선을 이루고자 한다. 그 점들과 선에 경의를 표하며 고귀하고 존경스런 삶이었다고 말씀드리고자 한다. 그리고 이야기를 전해들은 후손이 아니라 우리의 삶으로 이어지는 인생이야기라고 하고 싶다.

어머니가 평소에 자주 말씀하신 이야기를 엮어 보았다. 어머니 삶에서 강렬했던 시대 상황과 불현듯 되뇌어지는 단어들을 어머니 목소리로 그대로 담아냄으로써 자손들이 기억하고자 한다.

늘 빠지지 않은 유년 이야기와 부유했던 친정, 일제 말과 6·25전쟁 후 피폐했던 생활, 이후 홀로 남겨져 책임져야 할 가장으로서 집안을 안정시킨 치열한 삶 속에서도 지킨 자존심과 자부심…….

이제는 자식들로 이어가는 삶속에서 노후를 지키는 어머니께 부족하지만, 어머니의 흔적을 깊게 새기는 행동 한 가지로 기억되고 싶다.

책을 내자고 생각했던 시점에서 마무리까지, 잘하려고 해서가 아니라 멈추고 쉬는 시간이 많아 오래 걸렸다.

육성을 녹음하고 사진을 찍고 그러던 중 건강이 악화되기도 하셨다. 시작했을 때 주로 텃밭에 앉아계신 모습이었는데, 이젠 휠체어를 이용해야 바깥 생활이 가능하시다.

그렇지만 육체가 쇠약해질수록 정신은 더욱 강건해지심을 느낀다.

이젠 서둘러 마무리하여 97세 생신에는 가족이 모여 이 책을 놓고 생신축하를 하려고 한다.

책을 엮는 동안 우리 가족들의 단합된 모습에 감사 드리며 초기 인터뷰와 사진에 참여해준 안지혜 작가, 어머니 이야기를 엮는 일에 함께 도와주시고 추천글을 써주신 전유성 선생님, 좋은 마무리로 이끌어주신 책마을해리 이대건 대표께 감사드린다.

2023년 11월 민갑한 가족

차례

아버지가 큰애기한테 장가를 갔어

나는 함양에서 태어났어. 근데 아버지는 얼굴도 몰라. 나 놓고 병으로 일찍 돌아가셨어. 나중에 엄마가 재가해서 남동생을 하나 낳았어. 내 위로 오빠가 둘 있었는데, 우리 엄마가 낳은 게 아니라 작은 어매가 낳았어. 우리 엄마가 아들을 못 낳았어. 엄마가 아들은 못 놓고 딸만 낳고, 낳아도 죽고 하니께 대를 잇는다고 재산을 주고 장가를 갔지. 아이들이 홍진(홍역)이 오면 죽고 낳으면 죽고 그랬대.

아버지가 새 큰애기한테로 장가를 갔어. 열여섯 살 먹은 큰애기한테 환갑 지낸 영감이 갔지. 논 일곱 마지기를 주고 장가를 가서 애기를 낳았어. 그 사람 작은 어매 조카가 여기 가까이 살아. 우리 운봉읍 조합장 해. 작은 어매 동생이 낳은 아들인 거지. 지금도 보면 '사둔, 사둔' 해. 아버지가 돌아가시고, 얼마 있다가 작은 어매도 일찍 죽었어.

나하고 오빠하고 둘이 컸지. 오빠가 장가를 몇 살에 갔는가 몰라. 내가 댓 살 먹었을 때 장개 갔으니까, 나랑 오빠랑 한 열 살 넘게 차이 나지? 아무튼 일찍 장가갔어. 나랑 오빠 자식이랑 같이 유치원에 다녔으니까. 오빠가 장개를 가니까 순 바람둥이고 노름만 해. 논 다 팔아먹고 땅 다 잡혀먹고, 그래서 땅 때문에 재판하고 하도 그래갖고 집이 망해버렸지.

그 오빠는 죽었지. 서울서 죽었어. 죽은 지 얼마 안 돼. 조카가 머이마(아들)가 너이(넷)에 딸이 둘이야. 큰딸은 지금 수동 살고, 작은딸도 수동 살고, 딸은 다 여의고(시집보내고) 서울로 가갔고 거기서 죽었네.

해방되면서 오빠가 재판을 많이 했는데, 그렇게 싹 다 재산을 말아먹고는, 조카들은 시집장가가서 살림을 일궜지.

밥만 먹간디? 옷을 안 하면 깨벗고 사는데

엄마는 내가 여덟 살 때 남동생을 낳았어. 사십이 넘어 낳았지. 그 동생이 올해(2021년 즈음) 팔십둘인가 셋인가 해. 지금도 잘 지내. 작년에도 양파 농사지어서 실어다 주고 그랬어.

옛날에는 먹고 살기 힘들잖아. 일을 많이 했어. 나도 일곱 살 때부터 밥했지. 자그마한 단지에다 물 이어서 밥하고 빨래하고 그땐 다 그랬어.

우리 엄마는 옷을 잘했어. 머슴을 둘셋 데리고 사니까. 사람이 뭐 밥만 해 먹간디? 맨날 삼도 삶아야 하고 면도 잦아야 해. 베 짜고. 그럼 나도 면도 잡고, 모시베, 삼베, 명주베, 그런 걸 해야 옷을 해입제. 돈 많은 집이 있어도 시장에 옷이란 게 없잖아. 지금이야 있지. 일을 안 하면 옷이 없으니까. 머슴이고 식구대로 옷을 해 입혀. 안 하면 깨벗고 사는데! 머슴도 옷 해줘

야지! 들일 하는데.

그때는 절기에 때맞춰 옷을 했어. 옷을 해서 팔기도 하고. 팔아야 돈을 벌지. 나도 어릴 때부터 베 짜고 했어. 그땐 시집가기 전에 베 짜는 거 얼마나 잘하나 보고 했단 말이야. 우리 엄마가 하니까 나도 했지. 여기 와서도 베 짜고 했는데! 오십거정은 베 짰지. 들에서 낮에 일하고 밤에는 길쌈하고, 그때는 옷이 안 나왔응께, 일을 안 하면 깨벗고 살아야 하니까.

그 사람은 몰라. 글만 읽고 공부만 하는 학자라

오빠랑 같이 한 집에서 살았어. 엄마랑 오빠랑 큰오빠 부인이랑 조카랑 할머니랑 다 같이 살았어. 오빠가 바람피우고 노름하고, 재판하고 땅 다 뺏기고 가난해지고 그러기까지.

-새 아빠랑 같이 안 살았어요? 동생 아버지요?

그 사람은 그 사람대로 집이 있고, 우리는 우리 재산을 갖고, 함양 상동 시내에서 살고, 여기서 가면 삼십 리도 안 돼. 유림면이라고, 마천면 지나면 있어. 거서 살았어. 엄마랑 (새아버지랑) 가끔씩 교류를 하고 그랬어. 그 양반도 학자라서 농사일은 몰라. 지그 집에도 머슴 셋씩 넷씩 있고 마누라도 있고 즈그 어매 있고 아들도 있고. 글만 읽고 공부만 하는 학자라

서 그런 거 몰라.

-그때 당시를 생각하면 할머니의 어머니가 깨어있는 분이셨
 네요. 멋있어요!
우리 엄마는 들일은 안 했어. 키가 크고, 머슴들 거느리고,
외가가 잘살았어.

글 많이 배우면 해따이 간다고
가이나들은 안 가르쳐줬어

나는 상동에서 유치원에 다녔어. 일제시대에 살았잖아. 왜정
때 유치원 있었지. 함양서 상동 그러면 다 알아. 관광객이 많이
오는 데라! 봄에 오면 장구 소리도 나고 라디오를 틀어놓고 하
는 곳이야. 거기 살 적에 상동유치원 다녔어. 유치원에 가서 창
가도 배우고 이찌니(일본어 숫자)도 배우고 했지.
옛날에는 유치원 때도 일하지. 나는 물길어서 밥을 하긴 했
어도, 어쩌다가 했어. 유치원은 갔는데, 학교는 3학년 1학기 댕
기고 2학기 때부터 안 댕겼어. 가이나들 글 배워놓으면 '해따
이' 간다고 못 가게 했어. 그때도 조선어는 안 배웠어. 산수는
지금도 써 먹을께 아는데, 국어는 안 배워서 몰라. 해따이가 뭔
뜻이냐면, 군인들이라! 가이나들이 글 안다면 군인들처럼 데려

간다고 해서. 그걸 '해따이'라고 했어. 친구들 중에 끌려간 애들도 있어. 동네 사람 중에 노옥림이라고, 그 뒤로 다시 못 만났어. 지금처럼 전화가 있어? 글을 알아? 편지를 할 줄 알아?

학교 안 간 뒤에는 집에서 일했지. 길쌈하고 바느질 배우고, 사이사이 놀기도 하긴 했지. 친구들하고 공기놀이도 하고 고무줄놀이도 하고, 여기서 잡아댕기면 저서 홀딱 홀딱 뛰는 거. 표때기도 던지고 그때도 놀긴 다 놀았어.

전에 황산교회에서 글 가르쳐줄 때 배워 지금은 글을 조금 알지.

열다섯에 시집을 갔어

열다섯에 신랑도 없는 집으로 시집을 갔어
해따이 안 갈라고······

열다섯 살에 신랑도 없는 집으로 시집을 갔어. 해따이 안 갈
라고. 공출 안 간다고. 내가 열다섯에, 그때가 한참 뽑아 갈 때
거든. 시집 안 갔어도 낭자[1]하고 다니고 그랬어. 그래서 그때
는 열세 살 먹어도 시집가고, 열네 살 먹어도 가고 그랬어. 왜
놈들이 하도 잡아가니까!

집안에서 수소문해서, 신랑 지그 이모가 우리 동네 살아서
우리 집에 중매를 했어. 누구네 아들, 누구네 손자 하면 그 집
안이 어떻다는 걸 알거든. 신랑이 열아홉 살에 진주농고 다니
는 학생이었어. 그때는 전부 농고였지. 그 집에 전부 검사, 판
사 그랬어. 신랑 누님들도 진주서 고등학교, 여고 선생질하고
그랬어.

여자 종 하나 데리고 시집을 갔어. 신랑도 없는데 갔어. 신랑
은 동짓달, 내가 보름날이 생일인데 신랑이 열하룻날에 장가
와갔고. 장개온 날, 그날 저녁 우리 집에서 자고, 그 이튿날 저
녁에도 자고, 사흗날에 해따이에서 잡아갔어. 군대에서. 군대
에 가고 나서는 편지 딱 두 번 받아봤어.

---

1) 여자의 예장(禮裝)에 쓰는 딴 머리의 하나. 쪽 찐 머리 위에 덧대어 얹고 긴 비
녀를 꽂는 것.

- 군인이 된 거예요?

한국에서 일본으로 데려간 거야. 고등학교 졸업반에 그 설을 시어야 3월에 졸업을 하는데, 설 안 시고 음력으로 동짓달 열나흘 날에 갔어.

나한테는 편지 할지도 모르고, 그때 그 사람들은 다 수수해서. 시가로 편지가 오기를, 일본 도찌깨니에 있다고 편지가 와. 도찌깨니가 추워서 밤에 죽겠다고, 추워서 잠을 못 잔다고, 불도 안 땐다고. 그런 데서 춥고 옷도 얇고 그땐 내복도 없고, 군복 그거 얇은 거 하나 입고 불도 없고 하니까 춥지 뭐. 우리 한국은 불도 때고 하니까 따시지만, 편지 두 번 오고는 편지 안 오고, 죽었겠지, 그렇게 생각하고 살았어. 열입곱에 해방됐는데, 그 뒤로 집에 안 왔고, 소식도 없고······.

둘이 이튿날 잤어. 첫날밤은 여자한테 손을 안 대는 게 법이라. 법이 옷만 벗기지. 그 이튿날 관계를 하는 거라. 열아홉 살 먹어도 관계할 줄은 알거든. 했어. 하고 그 이튿날 데려갔어. 남편은 데려가고 그 이튿날 나는 시댁으로 들어갔어. 신랑도 없는 집으로 갔지. 신랑은 도찌깨니에 있는데!

신랑 이름은 임순수, 해방 이후 동네 사람 중 돌아온 사람들의 말에 따르면 배 타기 전에는 봤는데, 내릴 때는 못 봤다고.

배 탈 때나 배 안에서 사람들이 많이 죽었다고 그래.

해방이 왔는데, 우익 좌익이 나왔어

시집에 누나들 있어도, 하나는 진주서 선생질하고 있었고, 하나는 시집갔고, 형이 둘인데 하나는 재판소에서 검사로 일했어. 그랬는데 그 시숙도 마누라 둘이나 데리고 살고, 큰 마누라는 집에 있고 작은 마누라는 데리고 안에서 살고 그랬지. 시집이 짱짱하게 살았어. 나는 신랑 기다리고 살았는데…….

내가 열일곱 때 해방이 왔는데 우익, 좌익이 나왔어. 나라에서 김일성이랑 갈라져서는 해방되고 우익, 좌익 다퉜어. 머슴 데리고 살고 양반이면 좌익이고, 넘우 집 살고 장사하고 품도 팔면 전부 우익이 돼 갖고. 막 대칼을 총처럼 했지. 대칼 들고서 죽인다고 막 그래. 우리 시숙이 둘 다.

-할머니, 우익 좌익이 바뀐 거 같은데요, 머슴 데리고 살면 우익 소리 듣고, 품 팔면 좌익 소리 듣지 않았어요? 할머니 집은 공부한 좌익사람들이었을까요?
다 잊어버렸어. 모르고, 우익 좌익 나눴어. 죽인다고 하고.

내가 빨래를 걷으러 못에 나갔다가 들어온께 사람들이 막

나갔다가 들어갔다가, 사랑채에 막 들락날락! 사랑채가 아주 컸거든. 밤새 들락날락 수군수군. 그래서 삐라를 썼어. 빨갱이들 패거리를 모아갖고. 우리 시숙이 두목이니까. 빨갱이가 내려온다고 난리가 났어. 막 밀고 내려오니까 (시댁 식구들이) 싹 다 산으로 도망갔어. 가이나랑 머이나 하나만 우리 집에 있으니까. 그것들만 있고. 다들 다 따라가고 나랑 시어머니만 두고, 시숙이고 뭐고 다 산으로 도망갔어. 나는 집에 있었어.

그때 친정 오빠가 경찰서 서장을 했어. 그때는 이렇게 차가 안 흔했는데 오빠가 찌쁘차 하나 있는 걸로 아들 서이, 딸 둘, 어머이, 올케 해갖고 찌쁘차 타고 부산으로 피란을 갔고. 나는 시집에 있었어.

시어머니는 맨날 경찰이 잡아 가. 집앞에 서 있다가도 잡아가고, 맨날 시어머니를 잡아갔어. 아들하고 연락하는 거 아니냐고. 아들한테 연락 뭐 왔냐고. 동서도 잡아가고, 나하고 아이들만 집에 있었지. 내가 집에서 데려간 종은 시집을 갔고 밥 해먹는(주는) 사람도 없어져 버리고 그래서 우리 시어머니가 나를 보냈어. 너도 여기 있으면 죽겠다고. 해방 되고 시국이 잠잠해지면 오라고.

우리 영감 그러니까 즈그 고모가 우리 집(시댁)으로 장사를 다녔어. 바늘, 실, 염색물, 검은 물, 파랑 물, 노랑 물, 옛날에는

베 짜갖고 물을 들여서 해 입었거든. 내가 시어머니랑 둘밖에 없으니까. 둘이 같이 잤는데 그 할마시(고모)도 같이 잤어. 고모가 솜씨가 좋아서 바느질을 잘했어. 밤에 같이 일해. 집안에서 막 바느질해.

그때는 바느질을 해야 옷을 입은께, 바늘도 귀하지. 대바늘, 중바늘, 가는바늘 쓰임새도 다 달라. 비단옷 해 입을라면 가는바늘 해야 되고, 면베, 삼베로 하면 굵은 바늘 해야 되고. 이불 꿰매려면 왕바늘로 해야 되고, 바늘도 한 가지가 아닌 기라. 명주베, 모시베 그런 거로 옷 하면 남색물, 붉은물 자줏물 들여. 광목치마 해 입으려면 검은 물 들여야 하고. 그런 물도 보따리 장사들이 갖고 다니면서 팔았어. 고모 할마시가 그런 거 하면서 우리 집에서 같이 밤에서 자는데.

고모는 여기 지금 내가 사는 데 살았지, 운봉. 고모는 곡식 얻을라고 함양으로 장사하러 다녔어. 보리쌀이랑 얻어 먹을라고. 나는 밀이랑 보리가 있으니까 배고픈지 몰랐는데……. 함양은 보리도 갈고 밀도 갈고 하니까. 쌀농사는 왜놈들이 다 뺏어가니까 없었어. 그래도 보리, 밀이 있으니까. 보리쌀이랑 밀이랑 먹는데 여기 운봉은 추워서 쌀만 심었지. 보리랑 밀은 안 돼. 쌀을 뺏겼으니까 먹을 게 없잖아. 그래서 보리랑 밀 얻으러 함양에 장사 다녔어. 그거 찡겨 먹는다고 왔지. 보리개떡 안 있소, 그거 쪄 먹을라고.

한번은 시어머니가 광에 있는 밀, 보리 나락을 한 구루마 실어서 주면서, 고모 보고 며느리 데려가서, 해방되고 시국이 잠잠해지면 데리고 오라고. 이걸 내가 혼자 두고 가갔고는 안 되겠다고. 가이나, 머이마 둘하고 나하고 셋이 째매서 여기 보냈어. 걔들은 나락을 좀 줘 갖고. 소 구루마 끌고서 왔어. 그놈 갖고 거기서 먹고 하다가.

아마 시어머니가 고모한테 돈도 많이 줬을끼라. 고모는 받아갔고, 그때는 걸어댕길 때라 우리 데리고 왔어. 아이 둘이랑 있었잖아. 시숙이 가산에서 낳아온 여자아이 하나, 남자아이 하나. 그 아이들 데리고 운봉에 왔어.

시어머니가 나만 두면 안 되겠다고

해방 될라던 해에 시어머니가 종을 시집 보냈어. 내가 데리고 온 종, 점이를 시집 보냈어. 그냥 놔두면 점이가 해따이 끌려간다고. 자기 집에서 머슴 살던 사람한테 예식을 치러서 시집보냈어. 시어머니가 점이 불쌍하다고! 오래 데리고 있다가 해따이 델꼬 가버리면, 어미도 아비도 없이 큰 애가 가면 불쌍하다고. 머슴이 착실하니까 결혼시켜줬어. 나만 놔두면 안 되겠다고 내가 죽으면 그담에 지가 죽겠다고. 그래서 보냈지. 나중에 좋은 시상 되면 만나자고 했는데 그 뒤로 못 봤지.

딱 한 번 잔 것이 애가 됐어

그러갖고 이 집에서 지금까지

내가 밥을 해주러 다녔어, 우리 영감네 집에. 영감이 상처를 했어. 아이 다섯 두고 마누라가 죽었어. 그 집에 밥해줄 사람이 없으니까. (고모) 손자 딸이 있었어. 나보다 한 살 덜 먹은 사람 있어. 즈그 손자랑 딸이랑 나랑 둘이서 같이 밥해주라고 보냈어.

딸이 하나고 남자애가 넷이고, 머슴 있고, 그 집에 밥을 해주러 다녔어. 둘이서 밥도 해주고 빨래도 해주고, 그때는 빨래를 손으로 빨아갖고 양잿물로 삶아갖고 또 풀을 해갖고 두드려서 펴야 안 해?

그때 영감이 마흔한 살이나 먹었는지, 마흔한 살 먹었는 사람이 열아홉 살 보면 얼마나 예쁘겠어. 딱 한번 잔 것이 애가 됐어. 그래갔고 이 집에서 지금까지.

가이나는 나박치마 입고 춤추라면 춤도 추고,

머이나 하나는 북북 기고

제대로 잔 것도 아니고……. 사람이 얼마나 많은데, 뭘 자? 아들 다섯이나 되고, 머슴 있지, 조카도 있지. 나한테는 다 넘

이라. 다들 있는데 뭘. 그냥 잤는데 그러고 나니까 이제 그집에서 살게 됐어.

그때 그 아들이 살았으면 지금 칠십이 됐거나 넘었을끼라. 인민군들 때문에 피란 가다가……. 앞산 너머로 피란 가다가 딸 하나, 아들 둘이 죽었어. 영감이 하나 업고, 하나 걸리고 그렇게 올라갔어. 영감이 이불 보따리 짊어지고, 그 위에 아이 하나 얹고, 하나는 걸리고 그렇게, 내가 하나 업고 보따리 이고. 앞산 너머 피란 가갖고…….

한 집에 다섯이 죽은 집도 있어. 산속이 춥고 홍진에 걸려가지고, 동네 홍진에 걸린 애들을 데려갔거든. 운봉은 8월이어도 많이 추워. 높이 있어 여름에도 시원하고 겨울이 길었어. 가이나는 나박치마 입고 춤추라면 춤도 추고. 머이나 하나는 북북 기고 하나는 기도 못하고 어렸고, 이뻤지.

벼 뱃속에 아홉을 가진 쉼이네,
기우기는 다섯을 기웠어도

(영감과 같이 살기 시작했을 때) 젤로 큰아들이 국민학교 6학년이고 5학년도 있고 3, 4학년도 있고. 칠 월달에도 낳고 (아이 엄마가) 섣달에 죽어서 기도 못하고 암죽 먹는 애도 있었어. 내가 업어 키웠지. 지금 그 아들이 살아있어. 서울 살아. 자주 와. 딸

은 문화동에 살고. 둘은 암으로 죽고 하나는 목표 무안서 살고…… 처음에 애 셋을 낳았어. 나박치마 입고 춤추는 아이도 있고 했는데…….

인민군이 내려올 때는 피난 안 갔어. 그 사람들이 올 때는 여기 지킨다고, 인민군들이 쫓겨 올라갈 적에는 혹시 올라가면서 사람들이 죽일지도 모른다고. 해칠까 해서 어린 애들만 데리고 올라갔어. 데려갈 수 있는 애들만 데리고 올라갔지. 우리 애만 죽은 게 아니라 동네 애들 싹 다 죽었어. 홍진이란 게 지금 코로나마냥 병이라. 아이들이 뻘겋게 열나고. 지금은 주사를 맞으니까 (홍진이) 안 나지만, 옛날에는 한 번씩은 다 했거든. 자기 평생에 한 번은 해. 온몸에 벌거니 열이 차갖고 숨을 못 쉬고. 돌무덤으로 다 묻었어. 이 앞산에 묻고 내려왔어. 거기서 열이레 있었을 꺼라. 미국 사람들이 밀고 오면서 내려왔지. 기별이 자꾸 와. 정보가 있거든. 똑똑하고 젊은 사람들이 전화기가 없었어도 정보가 있거든. 내려오라고 해서 내려갔지.

큰딸, 작은딸, 아들, 아들 셋, 딸 둘, 큰아들 밑으로 하나 있었는데 죽었어. 낳는 자리에서 죽었어. 머이마 하나는 젖꼭지도 안 물려보고 놓다가 죽었어. 놓긴 내 뱃속에 아홉을 가진 셈이네. 키우기는 다섯을 키웠어도. 머이마 셋, 딸 하나, 넷을 보낸 셈이지.

옛날에는 아래 빠진 여자가 많았어

그 아들도 안 죽었을 건데. 아이를 낳고도 무거운 물동이를 이고 싼 게. 조리도 안 하고 무거운 짐을 하도 이니까. 아래가 빠졌어. 옛날에는 아래 빠진 여자가 많았어. 아래가 빠지는 게 병명이라. 여가 덜렁덜렁해. 남자들 붕알은 작은 거다. 진짜로 덜렁덜렁 나와 있어. 그래도 인자 누우면 들어가는 사람이 있고 누워도 안 들어가는 사람도 있고. 그것도 이름이 있어. 보통 숫넘이라 부르고, 남자랑 관계를 할라고 할 때 들어가면 암놈이라 그래. 숫넘이 있는 사람이라도, 젊고 하고 싶으니까 그걸 제치고 한대. 나는 누우면 들어가서 모른다고 했어. 우리 동네 사람들 안 들어간 사람 어떻게 하냐고 물으니까, 여자들은 제쳐놓고 한대. 아프겠지. 옛날에는 다 그랬어.

그걸 낫게 해준다고. 여자들끼리 우물가에서 이야기를 하는 거야! 안 들어가면 어떡하냐 하면서 그것 낫게 해준다고! 저기 가산 사람 둘, 비전 사람 둘, 두 사람이 낫다고 하는 거야. (그 말을 듣고는) 여기 지금 벽돌집 막내 막둥이 시어머니가 (낫는 수술을) 하겠다고 하는 거야.

아픈 걸 어떻게 말로 다 해

뱀사골 가는 길에 있어. (혹을 태워서 수술해준 사람은) 달궁 사람이야. 여기 빨간 벽돌집, 그집에 막내딸이 뱀사골 옆에 달궁으로 시집을 갔는데 거기 할머니(시어머니)가 기술이 있어서 이 동네 저 동네 다니면서 (혹 떼어내는 일을) 했어. (혹 떼어내는 값이) 쌀 한 가마니까, 많이 했어.

이웃집 할머니가 우리도 해보자고 하는 거야. 내가 "안 아플까?" 그러니까 "안 아프겠어? 살을 태운다는데" 그래. 그래서 우리 둘이서 수술했다는 가산 사람한테 물어보러 갔지. 할 적에는 눈이 쑥 빠질 만치 아픈데, 하고 나니까 다리에 풍도 안 들고 막 걸어 다닐 때 날아 대니는 것 같다고 허드라고! 쌀 한 가마니 달라고 하니까 그거 주고 허라고. 그땐 돈이 없으니까 다 쌀로 주지.

그래서 영감한테 나 쌀 한 가마니 주쇼, 하니까 "뭐 할라냐" 물어. 그래서 (내가 가산 사람이 그래) 이래저래 (수술해서) 고쳤다고 하니까, "뭘 그런 걸 나보고 물어봐. 주고 하면 되지" 그래.

그래서 (내가 수술하러 갔더니) 할마시가 와서 (높이가 25센티미터쯤 되어 보이는 의자를 가리키며) 요 위에 올라 앉으라 하드만. '말'이라고 높은 거 있어. 고거 두 개를 딱 이래놓고 거기 위에 올라 앉으라고 해. (말 위에 한발씩 올려놓고 주저앉는 자세를 취하며). (그렇

게 하니까 혹이) 빠질 대로 다 빠져. 빠징께 (빠지니까) 할머니가 그걸 실로 꼭 묶어! 그걸 소상수[2]로 태워. 소상수로 태우니까 아픈 걸 어떻게 말로 다해. 살을 소상수를 발라 태우는데 어떻게 견뎌? 태우고 나니까 곶감매이로(곶감처럼) 요렇게 쭈그라들어.

(수술한 날) 꼭 지켜야 하는 게 있어. (그날) 저녁에 영감이랑 합방을 하라고, 꼭 그날 하래, 어이 내가 내 맘대로 하냐고! 우리 영감도 노름을 잘했어. 노름꾼이 부르면 또 나갈지 모르니까 영감한테 (직접) 말하라고. 내가 (수술해준 할머니한테) 그랬어. 그니까 사랑방에 가서 영감한테 그 소리를 해. 저녁에는 꼭 합방을 하라고. 합방을 해도 한번만 하지 말고 두서너 번 하라고. 그래야 저 할멈이 잘 아물지, 합방을 안 하면 안된다고.

그래서 영감이 구루마에 나를 태워갔어. 영감이 대구를 큰 거를 사갖고 와서는 가마솥에 삶고 (나를) 잘 멕인다고 해주는데……. 저녁에 한량들 와서 (영감을) 데리고 가버리는 바람에 안 잤어. 그니까 (수술한 게) 요렇게 똘똘 말아갖고 찡겨갖고 있어. 안 떨어지고.

다른 사람들은 (어땠는지 들어보니) 잘 사람들은 자고 나면 없어진대. 뽕당한 것이 찢어져서, 그게 쏙 뜯어져서 빠져 나오는디, 꼭 곶감 말려 놓은 것 같대. 근데 다 빠졌다는데, 나하고 봉두칠산 네하고는 안 자서 그런지. 그게 안 빠졌어. 여기 딱 맺혀갖고 있어.

그래도 잠자리하고는 지장이 없는가. 그건 하는데 아기를 낳으면⋯⋯. 아(기)를 놓을 때 아(기)가 안 나와. 그땐 병원도 없고⋯⋯. 초짜 의사 불러서⋯⋯. 그사람이 아(기) 여럿 죽였고마. 운봉읍내 의사라고 있었어.

그때는 병원이 없고 '명견'이라는 의사가 있었어. 공부를 해서 의사가 아니라 어디 의사네 집에서 종업원으로 있어갖고, 주사 놓는 걸 배워와 (의사 역할을) 하는디. (동네 사람들은 명견 의사에게) 아프면 가서, 주사 좀 맞고. 아이 날 때도 가도 아이를 받아준 사람은⋯⋯. (명견이란 의사) 그 사람은 (아이를 낳는 일이) 어려우니까 자꾸 (뱃속의 아이) 머리를 깨트린다고. 지금 세상 같았으면 감옥에 갔을 거야, 그 의사. 그래도 어른 살린다고, 돈을 주고 꼭 그 사람을 불러와서 아(기)를 죽이고, 얼추 많이 그랬어, 동네 사람들이 아프니까.

버가 안 가고 여기서 살았지

경찰서장 오빠랑 어매가 부산으로 피란 갔다가, 좌익 우익
좀 지나니까 다시 함양으로 왔어. 나를 많이 찾았대. 내 뒤에
점이 있대. 그걸로도 찾고, 요로코롬 생겼다고 하면서도 많이
찾았대.

운봉서 함양 다니던 사람이 있는데 우리 집에도 다녔나 봐.
그 사람이 가만히 우리 어매 말을 들으니까, 꼭 이 사람 아니냐
고 생김새도 비슷하고, 사람 잘 안 만날라고 하고 나이랑 뭐가
다 비슷한 거지.

첫째 죽고, 둘째도 홍진으로 죽고, 지금 남원 사는 딸 낳고

세일렛날 (친정) 어매가 왔어. 말마차 타고 왔어. 그때 (엄마가 친정집으로 돌아) 가자고 하는 걸 내가 안 가고 여기서 살았지. 내가 안 가고 자손 놓고 산께, 엄마도 오고 아빠도 오고 남동생도 오고가고 그랬어. 남동생은 먼서기 했어. 올해 팔십여섯인가, 일곱인가 되는디…….

영감은 큰 장사꾼이었어

우리 영감은 큰 장사꾼이었어. 농사는 안 지었어. 머슴이 지었지. 말 구루마 세 개에, 일하는 사람 넷이 있어. 영감이 말 구루마는 저기 아래 삼천포나 진주로 보내. 그 사이 자기는 찌쁘차를 타고서 저 임실로, 화천으로, 고창으로 전부 다녔어. 진주나 삼천포에 없는 물건을 전주, 고창에서 사. 그리고 진주랑 삼천포로 내려가서 전주나 고창, 임실에 없는 물건을 또 사. 그러면 말 구루마가 (영감이 산 걸) 싣고 여기(남원)까지 와. 말 구루마로 (임실에서) 물건 사갖고 온 사람이 또 진주꺼정은 못가. 다리가 아파서 못가. 그니까 그 말 구루마는 쉬고 다른 말 구루마로. 임실 물건을 싣고 진주로 가. 거기서 물건을 다 팔고, 올 때는 영감이 한 물건들을 싣고 와. 그래서 돈을 잘 벌었어. 밥 굶을 고비는 넘지는 않았어.

아이 넷을 낳고 과부

(내 나이) 마흔에 남편이 죽었어. 남편이 풍이 와서 누워있었어. 십 년을 똥오줌을 받았어. 환갑이었어. 4월 음력 4월 스물나흗날이 환갑이었는데 환갑 지나고 일주일도 못 돼서 죽었어.

남편이 죽기 전에 먼젓 자식들이랑 내가 낳은 자식들이랑 재산 분리를 다 해놨어. 마을 어른들이랑 다 정해서 갈라놨어. 먼젓 자식들은 다 컸고, 시집, 장가 갈 것 마련해줬고, 내가 낳은 자식들은 아직 어리니까, 그거에 맞게 나눠줬어. 근데 영감 죽고 나서 먼젓 자식들이 달라고 해서 줬어.

엄마의 삶

다리 힘 좋고 할 때는 장에 들고 팔았지

우리 동네는 도롯가니까 장에 들고 나가 팔았어. 콩이나 팥이나 이파리나. 그때는 유치원을 보낼라도 돈이고, 초등학교(그때는 국민학교)도 그렇고 중학교도 그렇고, 돈을 벌어야 애들을 주지.

남원터미널까지 갈 때는 버스 타고 갔지. 이 동네 사람들만 나갔어. 다른 데는 차 타는 데가 멀어서 못가. 여기는 신작로로 나가면 차가 다니니께. 나만 그런 게 아니라, 동네 사람들이 열무고 뭐고 가져가면 그때 돈으로 한 오천 원 하면 많이 하는 거라. 이천 원도 해오고 삼천 원도 해오고…….

남원터미널까지는 버스 타고 가. 하나둘이는 못 가. 마늘도 팔러 가고 파도 팔러 가고, 그런 거 팔아와야 아이들 주지. 안 그러면 남자들이 태워다 줘야 하고. 걸어가려면 너무 머니까 못해. 우리는 도롯가 사니까, 보따리 싸서 이고 나가면 버스에 실어주면 그때 돈으로 일 원도 주고 이원도 주고, 보따리 하나 실어주는 데 여기서 가면서 계란 같은 거 댓 개 삶아가지고 갖다 주면 좋지. 조수도 있고 차장도 있고 그래. 돈 받는 아가씨가 있고 짐 옮겨주는 머시마가 있고 하는 거지.

그때는 배가 고픈 세상이라

나는 닭을 키우니까 계란 댓 개씩 삶아주면 보따리 그냥 얹어주고, 이 동네 할마시 하나가 "저놈의 여편네는 공알을 떼서 쪄주는가. 차장 남자랑 차장 여자랑 내 보따리는 잘 얹어주고 잘 내려주고 하는디 우리는 안 거들어 준다고, 그러면서 샘을 내는 사람도 있었어.

계란도 삶아 갖다 주고 쑥버무리도 하면 주고, 조선 문종이에 싸서 먹을 거 갖다 주니까. 그래서 내가 "집이도 해다 줘 봐" 했어. 그랬더니 "나 먹을 것도 없는데 왜 줘?" 해.

삼천포까지 걸어가서 덤색물이랑 소반을 팔았어

밭 200평이랑 논 여섯 마지기를 받았어. 다랭이논 여섯 마지기. 그거 지어 갖고 어떻게 먹고 살아! 내가 아이들 밥은 안 굶겼어. 영감이 누워있으니까. 나는 소와 돼지를 키웠어. 맨날 꼴 베서 소죽 끓이는 게 일이었지. 소 돼지 늘 먹이다가 쉰아홉 살에 한 해 농사짓고 팔았어. 서울 가느라고. 서울 아들 내외가 경원대 앞에서 식당을 하는데 일할 사람이 없대. 거기 가느라고 팔았어.

논 가운데 닭장 지어놓은 데가 있어. 거기가 기여. 거기가 우리 논이었는데 한 해 딱 짓다가 팔았지. 농촌진흥청에서 사갖고. 그 사람이 이십년 융자 해갖고 갚느라고 고생했어. 내가 "연실아, 인자 빚 다 떨어졌지?" 하고 물으니까. "이제 팔만 원 남아서 올해 갚아요" 해. 시누이 손자거든. "아휴! 이십년 동안 큰 애썼다. 이십년 동안 그놈 갚느라고" 내가 그랬지.

자식들 학교 보내고 입에 먹을 거 들어가는 거 내가 다 해주려고 했어. 여름에는 농사짓고 파느라고 바쁜데, 겨울 농한기가 되면 삼천포까지 걸어가서 염색물이랑 소반을 팔았어. 나는 그런 말 못하는데 같이 간 저 너머 사람이 말도 잘 붙이고, 삼천포 가서도 남의 집에, '형님, 형님' 하면서 재워달라고도 잘해. 나도 따라댕겼어.

그때는 여관이고 그런 게 없어. 바닷가 사람들이 갯질하고 밤에 그물 손질하고 일하면 그거 같이 돕고, 한쪽에서 몸 뉘어 자고, 밥도 좀 얻어먹고 일 도와주고, 그러다 상도 팔고 했어.

요즘 맨날 그때 생각이 나. 밤마다. 그동안 내가 다녔던 세상천지가 다 나와.

비누가 없으니까 차나락 뜯어서 재로 만들었어

그 전에는 집안일이 많았어. 길쌈해갖고 물을 들여서 빨래 빨지, 초벌 빨지, 삶지. 또 잘 말려서 풀하고 뚜드리고 밟고 다리고. 그리고 꼬매지. 일이 많아. 그런데 나이롱 옷이 나온께 얼마나 좋아. 그놈 사서 입으니까. 풀 안 하지. 빨아 입기 좋지. 안 삶아서 좋지.

옛날에는 빨래를 한번 하는 데 닷새가 걸려. 비누가 없으니까. 차나락(참쌀 지푸라기)을 뜯어서 불에 때서 재로 만들어. 그걸 긁어내서 체에 대고 받쳐. 콩대 깻대로 해도 돼. 평소에 콩대, 깻대, 차나락 짚을 묶어서 잘 말려뒀다가, 걔를 아궁이에 넣고 불을 때서 까맣게 재가 되면 그걸 긁어서 (떡 찌는) 시루에 담아놓고. 거기에 뜨거운 물을 졸졸졸 부어, 그럼 발그란 물이 아래 나와. 그 물을 또 딴 데다 부서놓고 한 번 더 받쳐. 그렇게 받친 물에 오줌도 조금 재리고(넣고) 된장도 조금 넣고, 그래갖고 이걸로 빨래를 하면 깨끗해져. 비누 없을 때 이렇게 빨았어. 거기서 끝나나! 삶고 대리고 풀 먹이고, 일이 많았지.

철마다 얼마나 바빠. 요즘 같은 때(7월초)는 삼무제 이미 했지. 삼무제가 뭐냐면 삼을 쪄 갖고 벗겨갖고 또 찢어. 손톱으로 찢어 놓았다가, 그걸 삶아가지고 만들어. 바빠. 그러니까 여자들이 새벽같이 일어나서 하루종일 일하는 거야. 요때(7월초) 되면 뽕잎 따다가 누에도 키워야지.

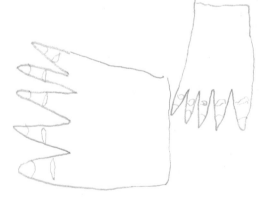

앞자리가 '팔' 자만 됐어도 전국을 유람할 텐데

뒷마을에서 곡식을 빻아 이고 오는데, 너무 무거워서 "우리 딸애들 좀 보내주오" 하고 말을 붙여놨어. 영감 친구였는데 그 사람이 딸한테 말을 안 전하고 자기가 나와 있는 거야. 그 사람이 산에서 그랬어. 곡식 던져 놓고. 내가 도망가고 피하고 뛰었는데 그래서 아이가 들어섰어.

동네 사람들은 하나도 안 무서운데, 자식들이 무서웠지. 언덕에서 구르기도 하고 진한 간장을 벌컥벌컥 마시기도 했는데, 열 달이 지나니까 사내아이가 태어났어. 자식들이 아기 미워하면 어떡하나. 부산에 보육원이 생겼다는데 거기 맡겨야하나…… . 별생각을 다 했어. 자식들이 아기를 예뻐했어. 그놈이 막내야. 괜찮아, 뭐. 온세상 사람이 다 아는데 뭐.

그때 낳은 막내아들이 지난해에 먼저 세상을 떠났어. 막내여그런가, 이쁘게 굴었지. 마을에서 그림 그리는 시간 있잖아. 그때 그림 그리라고 하면 막내 얼굴을 자꾸 그리게 되지.

자식들이 자꾸 아프대. 어디가 아프다, 저기가 아프다, 그런소리 들으면 꽉 죽고 싶어. 이 좋은 세상. 앞자리가 '팔' 자만됐어도 전국을 유람할 텐데, 앞이 '구' 자가 되니까 기운이 없어힘들어.

부록. 어머니, 할머니를 말하다

엄마, 어머니, 고생 많으셨어요

— 큰딸 박태순 큰사위 이상현

큰사위(이상현) 저희 장모님이신 민갑한 여사님의 95세 생신을 축하드립니다. 5남매를 낳으셔서 잘 가르치고, 잘 키워서 그 손들이 이렇게 훌륭하게 살고 있습니다. 그것이 바로 무엇이냐 하면, 장모님의 노력과 마음, 고운 마음씨를 가졌기 때문에 자식들이 이렇게 됐으리라 그렇게 생각하고. 큰 사위로서 우리가 앞으로 더 위하고 살고, 더 행복하고, 건강하게 살았으면 좋겠습니다.

장가갈 적에 처음 뵀을 때 첫인상이 어땠어요?
큰사위(이상현) 처음에? 처음에 우리 식구?

식구 말고. 어머님,. 장모님 처음 뵀을 때.
큰사위(이상현) 처음 뵀을 때 잘 몰랐는데……. 내가 일을 했었어요, 처가에서. 공사하러 다녔는데, 우리 직원이 우리 식구를 소개해 준 겁니다. 그때 가설극장 '미워도 다시 한번' 영화를 했는데, 민갑한 씨의 큰따님이 그때는 서울 색시라고 했어. 제 식구가 서울에서 살다왔다고. 밑에 직원이 오늘 저녁에 '미워도 다시 한번' 영화를 보러가자고 약속을 잡아줘서, 그래 그렇게 하

자 하고 갔지. 그땐 차도 없고, 자전거 타고 다니고. 그니까 둘
이 걸어서 영화를 보러 가는데, 영화가 끝나서 사람들이 내려오
는 거야. 내려오는데 여기까지 왔다가 그냥 갈 수 없으니까 우
리가 찐빵집에 가서, 찐빵이라도 먹고 오자. 그래가지고…….
그렇게 인연이 되어서 결혼하게 되었습니다. 1972년도.

어머님 처음 봤을 때 느낌을 얘기해보시라니까.
큰사위(이상현) 장모님? 장모님 처음 뵀을 때 곱지. 그때 고왔어
요. 말씨는 무뚝뚝해도, 속은 깊어.

작은며느리(오인숙) 여기 둘이 부부예요. 여기 앉으서. 왜냐하면 나는 들은 이야기가 많아. 우리 어머님 얘기가 우리 고숙이 그 당시에 샘을 팠대요. 샘 파는 공사하러 왔다가, 우리 형님을 보고 반해서 결혼 안 시키려고 했는데, 우리 고숙이 그냥 죽기 살기로 대시했다고. (웃음) 내가 얘기 많이 들었어.

어머님께 하고 싶은 얘기 일단 한 번 하세요.

큰딸(박태순) 내가? 내가 뭐라고 해야 해?

큰 사위(이상현) 51년 동안. 우리 서로 만나서 51년 동안을 고생도 많이 하고, 참 신경도 많이 쓰고, 싸움도 많이 했죠. 다투기도 많이 다투고. 그러나 우리는 오래 가진 않았어. 오늘 저녁에 풀고.

어머니한테 사위 인사시키러 가니까 어머니가 뭐라고 그러셨어요? 생각나요?

작은며느리(오인숙) 상황이 그 상황이 아니고, 우리 형님은 쪽 빠지고 장모랑 일 대 일이야.

큰사위(이상현) 우리는 그런 상황은 아니고, 양가 부모님들이. 신랑집 부모님들이 색싯집 부모님을 만나러 와. 만나러 와서 사람도 좋고, 괜찮다 그러면 이제 여자 집. 아가씨 집 부모님들이 남자 집 부모님들 만나러 옵니다. 지금으로 치면 상견례지. 그

때는 약혼법이라는 게 그렇게 귀했었는데.

어머님께 하시고 싶은 얘기 있으면 하세요.
큰딸(박태순) 내가? 우리 엄마한테 뭐라고 해야 해. 우리 엄마 진짜 고생했지, 젊었을 때. 우리 어렸을 때 젊어서 혼자 돼서, 말도 못 하게 고생했어.

고생한 얘기 말고, 어머님한테 하고 싶은 얘기 하시라니까. 없어요?
큰딸(박태순) 우리 엄마 고맙지. 지금까지 살아줘서.
큰사위(이상현) 앞으로 사시는 날까지 좀 더 건강하게. 건강하게 사셨으면 좋겠고, 이제 자식들 걱정은 안 하셔도 되니까.
큰딸(박태순) 다 밥 먹고 사니까, 뭐.

엄마 생각하면 불쌍해, 안쓰럽고

— 작은딸 박덕순 손녀 김유진

방금 며느님들 얘기하는 거 들으셨잖아요. 그렇게 그동안 살아오시면서 엄마하고 관련된 기억나는 일들 있으시거나.

딸(박덕순) 기억이야 많지만, 어렸을 때 결혼하기 전까지 쭉 같이 살았어요. 근데 이 나이를 먹고 보니까 엄마가 혼자 일찍이 되시고, 5남매를 키우는 게 보통 어려운 게 아니더라고요. 근데 그때는 눈만 뜨면 밤낮으로 일하라고 자꾸 시키고 그러니까, 그게 너무 불만이 많았어요. 왜 우리 엄마는 이렇게 일을 많이 시키실까. 다른 친구들이랑 놀러도 가야 하고, 약속도 해놨는데. 집에 와서 일하고 있다 보면 금방 친구들이 와서 부르는 거야. 저녁에 '야 우리 영화 보러 가자' 하고. 지금 나이가 70이 다 되어서 보니까 혼자 사시면서 그렇게 안 해왔으면 자식들을 이렇게 잘 기를 수가 없었겠구나, 그런 생각이……. 나이를 먹으니까 철이 드는 거죠. 그때는 불만이었는데, 진짜 힘들게 사셨겠구나. 그런 게 이해가 되죠, 이제.

엄마가 지금 할머니한테 어렸을 때 자유를 많이 뺏겼다고 하시는데 그럼, 그때 나는 그랬으니까 딸은 안 그렇게 해야지 하고 잘해주셨습니까? 어렸을 때?

손녀(김유진) 엄마 말로는 어렸을 때 일을 너무 많이 하셔서서 일을 안 시키려고 했다고는 하시더라고요. (웃음)

하시더라고요 하는 거 보니까 만족은 못 하시는 모양이네요?
손녀(김유진) 그래도 많이 뭘 시키거나 이런 건 아니었으니까.

자유를 많이 주신 편이에요? 자라는 동안?
손녀(김유진) 예에. 그래도 좀 편하게……. 집안일 같은 것도 많이 안 시키시고.

꼭 집안일을 떠나서, 하고 싶다는 일에 대해서 반대 많이 안 하셨어요?

손녀(김유진) 그런 거에 대해서는 저도 이제 어렸을 때라든지……. 불만이 있었는데 커가면서 느끼는 게 엄마가 할머니를 닮았고, 저도 엄마를 닮았다는 생각이 점점 커가면서 들더라고요. 아, 할머니랑 엄마랑 나랑 되게 닮았다고 생각하고 있어요. 성격 같은 것도.

맞아요. 내가 싫어했던 부모님 성격을 닮아가더라고요.

딸(박덕순) 똑같아요. 저도 봐도 똑같은 행동을 하고 있어요. 할머니가 했던 것을, 엄마가 했던 것을 결국 똑같이 하고 있더라고요. 그게 자식들은 그런가 봐요.

생각하니까 눈물 나시는구나…….

딸(박덕순) 어쨌든 결혼 전까지 같이 오랜 생활을 함께했으니까, 엄마를 내가 잘 아니까, 엄마 생각하면 불쌍하죠. 너무 안쓰럽고……. 참 힘들게 사셨겠구나. 혼자서 누구하고 상의할 데도 없지, 의논할 데 없지. 자식들은 다 어리고 그러니까 그렇게밖에 할 수 없었다는 게 이해가 참 많이 돼요.

그러네요. 의지할 분이 없으니까 두 배로, 세 배로 힘드셨겠네요.

딸(박덕순) 그러니까 언니는 결혼했고, 나는 결혼을 안 하고 있고. 밑에 남동생들만 또 셋이잖아요. 엄마가 또 유난히 아들에 대한 선호 사상이 엄청나게 크신 분이에요. 무조건 아들을 좋아하시는데, 나는 딸이다 보니까 내가 뭘 해도 동생이랑 비교가 되는 거야. 동생은 저렇게 해도 안 혼내는데, 나는 혼을 낸단 말이에요. 그럼, 성질이 나서 엄마한테 한 번씩 대들어요. 왜 쟤는 그러는데, 나한테는 이렇게 하냐고. 그러면 엄마가 너는 남의 집에 보내니까 당신이 욕을 먹는다, 혼자 길러서 그러는 거다, 이런 소리를 듣는다 이거예요. 아들은 당신이 데리고 살 거니까 괜찮다는 거고.

녀 어머니 머리 깎아드린 거 큰 자랑도 아니고
— **작은사위 김창현 손주 김명태**

작은사위(김창현) 거, 뭐라고 얘기해야 하나. 미리 얘기해서 준비
하게 만들어야지, 갑작스럽게 얘기를 해야 하니. 다른 사람들
보다도 연세가 많은 장모님을 모시고 있으니까, 제일 행복스
럽고 그렇습니다. 솔직히 그래. 건강하신 게 제일 좋고, 이렇게
내려왔는데. 처음에 나 장가왔을 때는 깡패니, 뭐니 해서 인정
을 못 받았는데. 착실하게 딸 데려다가 열심히 살고 그러니까,
인제는 인정받아서 둘째 사위가 1등이라 하니 좋고. 우리 아버
님, 우리 어머님 살아계실 때도 항상 올라오시면 우리 어머님
께 장모님이 언니라고 하고 그렇게 가깝게 평생을 지내셨고.
지금은 내 부모님 돌아가셨어도 장모님이 살아계시니까, 내 어
머니랑 똑같고 지금은. 내 심정은 지금 내 부모님과 똑같아요.

어머님 오늘 머리 깎아드렸어요?
작은사위(김창현) 제가 군대 가기 전에 그때 당시에는 이발소가 조
금 멀찍이 있었어요. 머리에 포마드도 바르고, 이발을 배웠습니
다. 그것 때문에 장모님 머리가 길어지면 머리도 깎아드리고.
못할 건 뭐 있습니까. 내 부모인데. 건강하시길, 하루라도 더 사
시길. 우리가 물질적으로……. 지금은 옛날하고 달라서 물질적

으로는 자신 있어요. 그렇지만 심적으로. 우리가 마음 편하게 가지실 수 있게, 남은 하루라도 즐겁게 살다 가실 수 있게. 우리 자식들 도리가 그거 같아요. 마음 편하시길, 항상 편하게 해드리려고 노력하고. 우리 두 처남 참 고맙고. 부모님께 해드리는 걸 보면 너무나 고마워요. 내가 옆에 있질 못하고 떨어져 있어서 그렇게 못하니까.

이발 지금까지 몇 번이나 해드렸어요?
작은사위(김창현) 몇 번이 아니고 친어머니 같으니까⋯⋯. 어머니 머리 좀 깎으시죠, 하면 깎지. 많이 깎아드렸어요. 깎아드린 것이 문제가 아니고, 사람이 정이잖아요. 내 장모님, 내 어머니 머리 깎아드린 것이 큰 자랑거리도 아니고. 제가 할 줄 아니까 그렇게 해드리고 그러지, 할 줄 모르면 그렇게도 못해요. 항상 챙겨주시고, 딸이 술 먹는 걸 보기 싫게 생각해서 잔소리한다고 술 한 잔 먹고 와서, 나 준다고 그러시고……. 둘이서 술도 한 잔씩 하고. 잘 먹어요, 우리는. 둘

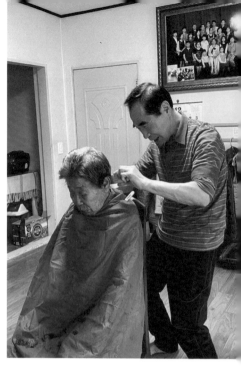

이 소주 한잔하고. 장모님이 이해해주시고 그러니까.

손자는 할머니 하면 제일 먼저 뭐가 떠올라요?

손주(김명태) 할머니 하면은……. 어릴 때 할머니한테 내려와서 있으면서, 할머니랑 이제 화투 치면서 숫자 배우고, 그리고 화투 배우고, 시계 보는 법 배우고. 추억이 어릴 때 좀 많았습니다. 어릴 때는 할머니네에 있는 닭이나 고양이나 많이 괴롭혔었는데……. 앞으로도 건강하시고 오래오래 같이 살았으면 좋겠습니다. 사랑해요.

정직하게 열심히 살라는 말씀, 내 삶의 기준
— 큰아들 박춘옥

큰아들(박춘옥) 올해 우리 엄마가 95세 생신을 맞이했습니다. 작년에도 이렇게 가족 단위로 모여서 축하했는데, 올해 또 모든 가족이 만나서 이렇게 축하해주니 너무나 감사하고. 우리 엄마 앞으로 건강하고. 내년에도 이렇게 생일을 축하할 수 있게끔 건강을 빕니다.

우리 엄마를 한 마디로 얘기
한다면 뭐라고 얘기하고 싶
어요?
큰아들(박춘옥) 우리 엄마요?
너무나 열심히 사셨지요.

열심히 안 산 사람이 어디 있
어요! (웃음)
어머니한테 들은 얘기 중에 가장 기억에 남은 얘기는? 어떻게 살라
든지 그런 거 없었어요?
큰아들(박춘옥) 열심히, 정직하게요. 남 속이지 말고, 정직하게
열심히 살라고요. 우리 엄마가 60세 되셨을 때도 인생 다 산
것 같다고 그렇게 말씀하셨는데, 지금 95세까지 사셨습니다.

그러니까 좋죠?
큰아들(박춘옥) 예예.

며년에도 이런 날이……

— 작은아들 박화춘

대식구네요. 명절 아니면 이렇게 모이기 힘들지 않나요? 근데도 생신인데 다 모이셨네요.

작은아들(박화춘) 예, 오라고 그러면…….

형제분들이 다 어디에 살고 계시나요?

작은아들(박화춘) 지금……. 전주, 성남, 남원 이렇게 살고 있어요.

제일 멀리 오신 분이 그럼?

작은아들(박화춘) 성남.

성남에서?

작은아들(박화춘) 어머니 돌아가시기 전에 잘 모시고 살아라. 돌아가시고 나서 우는 사람 없도록 하자. 그래서 이제 큰누나는 일요일마다 와서 목욕탕 가서 목욕시켜드리고.

지금 남원에 사시는 형제가 박사님 말고 또 누구 계세요?

작은아들(박화춘) 큰누나.

큰누나님 댁이랑 박사님 두 형제는 남원에 사시고. 총 다섯 형제라
하셨죠?

작은아들(박화춘) 한 명은…… 죽었어요.

돌아가셨어요, 먼저?

작은아들(박화춘) 제수씨는 한 마을에서 살고 있고.

나머지 형제 한 분, 한 분이 전주하고 용인에 사시고?

작은아들(박화춘) 형은 전주에 살고, 작은누나는 성남에 사시고.

주로 명절 때는 대부분 오시나요?

작은아들(박화춘) 네, 명절 때는 거의 다요. 명절 때도 오고, 평상시
도 시간되면 성남에서는 두 달에 한 번. 전주에서는 한 달에 한
번 정도.

그래도 많이 오시네요.

작은아들(박화춘) 안 오면 죽죠. (웃음)

지금 가장 가까운 데서 살고 계시는데 어머님께 바라는 점이라든가,
아니면 다른 형제들에게 바라는 점이 있으시면 한 마디 해주세요.

작은아들(박화춘) 형제 모두가 어머니한테 항상 감사드리죠. 일찍

이 40대 초에 혼자 되셔서. 속된 말로 이제 자식들 안 버리고
살아오시면서 고생 너무 많이 하시고……. 살아오면서 어떤
기준이 됐다고나 할까. 그런 것들이 컸죠. 예를 들면, 아버지
가 안 계신 자녀들을 우리가 후레자식이라고 하잖아요. 그런
소리 안 들으려고 번듯하게 살려고 하는 그런 생각도 많았고,
내가 조금이라도 (어머니가) 보람을 느끼게끔 어떻게 해야 할까
이런 생각도 많이 들었고……. 그다음에 늘 열심히 사시고, 반
듯이 사시는 그런 모습 보고 거기에 영향을 받아서 또 열심히

살아왔다고 생각하고. 그런 부분에서 자식들한테 전하는 얘기들이 생기는 것 같고. 사실 굳이 보자면 100년이잖아요. 우리가 100년 역사를 놓고 쭉 생각해 보면, 속된 말로 산전수전 뿐만 아니라 그런 것도 몇 번의 또 이런 부분이 있을 수 있었잖아요. 지금은 아침에 늘 와서 다리를 좀 주무르고 가는데, 내일 아침에는 살아계실까? 하는 생각이 많이 들죠. 결정을 못 보는 것 중의 하나가 담배 피우는 거. 지금도 아침에 담배 한 세 대, 네 대.

어머님께서?

작은아들(박화춘) 네. 그다음에 이제 주간 보호 가니까 낮에는 담배 안 피우시고, 갔다가 다시 오시면 세 대, 네 대. 이제 연발로 피우시는 거죠. 그리고 이제 에볼라이저, 호흡기도 하고.

아, 미련이 남아서 못 끊으시는 거죠?

작은아들(박화춘) 예에. 근데 그걸 끊어라, 말아라 할 수 없는 자식의 입장에서 보면 좀 아쉽고. 어머니 입장에서도 담배를 못 끊으셔서 마지막에 돌아가실 때 숨을 못 쉬지 않을까, 이런 부분.

그래도 본인이 좋으시니까 태우시지 않겠어요?

작은아들(박화춘) 근데 이제 가래가 생기니까, 그 가래를 뱉어내기 위해서 담배를 피우신다고 하는데. 사실 역설적인 부분도 있지만, 어머님이 그런 역할이 있다고 하니까 그걸 가지고 서로 왈가왈부하기에는…….

연세가 있으신데 굳이 건강 생각해서 태우지 마세요, 그러기에는 또 하고 싶은 거 하시게 두는 것도 나쁘진 않을 것 같은데요.

작은아들(박화춘) 그러니까. 이제 그런 부분에 사실 과학적이지도 않고, 심리적으로 결정을 못 보는 부분들이 자식 입장에서는 아쉬움이 있는 그런 부분이 있죠.

그런 걸로 인해서 폐 질환이라든지 병만 안 생기면 그럼 되는 거죠.

작은아들(박화춘) 약을 워낙 많이 드시니까 지금은……. 그런 게 좀 아쉽고. 그동안 애쓰게 살아오셨고, 지금도 반듯한 말씀들을 많이 하시고 그런 걸 보면 살아가는 데 귀감은 되지만 저런 부분은 너무 힘들지 않나, 하는 생각도 가까이 있으면서 가끔 느껴집니다.

아까도 얘기하셨지만, 홀어머니 밑에서 자라셨으니까, 사실 아버님의 교육이라는 것을 못 받으셨잖아요. 확실히 내가 내 자식을 키우는 데 있어서 우리 어머니 영향을 많이 받았다는 것을 느끼시나요?

작은아들(박화춘) 그렇죠. 그런 부분들, 늘 그런 생각을 가지고 살았고, 저는 이제 담배도 안 했었고, 늘 학교 공부도 열심히 했고 졸업할 때 장한 어머니상을 어머니께 받게 했고. 그게 살아오는 잣대도 됐고, 제가 그런 부분에 어머니한테 순간순간에 작은 순간이라도 보람이 되게, 그런 부분들이 조금 위안이 되지 않았나 싶습니다.

인터뷰 내용에서 어머님에 대한 존경심이 보이거든요. 이제 마무리로 어머님께 생일 축하 메시지 한 번 해주시죠.

작은아들(박화춘) 어머니, 이렇게 가을이 돼서 가족들한테 연락하고 사람들을 오게 할 수 있는 것도 저희한테 주는 행복이라고 보고, 그런 것이 생일이라서 더 좋았다고 생각합니다. 어머니, 내년에도 이런 날이 있었으면 좋겠다는 기대를 하며……. 어머니 생신 축하합니다.

우리 어머님, 진짜 복할머니
― 큰며느리 이성자 작은며느리 오인숙 막내며느리 박현숙

꼭 축하 인사 아니어도, 너무 다들 똑같은 말씀만 하셨으니까 어머님이 하셨던 말 중에 가장 기억에 남는 말이나, 아니면 제일 서운했던 말이나, 뭐 그런 걸로 하시죠.

막내며느리(박현숙) 아니, 여기(큰며느리) 먼저……. 할 얘기 많을 것 같은데.

큰며느리(이성자) 아이, 없어.

작은며느리(오인숙) 아니, 내가 시집을 왔더니, 시어머니가 사납더라, 뭐 이런 거 있잖아.

큰며느리(이성자) 아니, 아니. 난 할 말 없어. 갑자기 머릿속이 하얘지네.

작은아들(박화춘) 우리 형수는 입덧했는데 부침개 부치라고 했다, 이런 얘기. (웃음)

작은며느리(오인숙) 근데, 내가 들은 얘기 중에 본인은 엄청나게 시집살이했는데, 우리 시어머니는 절대 시집살이 안 시켰다고 그러거든요. (웃음)

큰며느리(이성자) 밥 한 번도 안 해 먹였다고. 나 보고 밥 한 번도 안 했다고 그런 소리는 하셨네.

작은며느리(오인숙) 그건 아니잖아.

큰며느리(이성자) 응, 그건 아니지. 처음 시집오고부터 불 때 우고 밥 해 먹었으니까.

딸(박덕순) 엄마가 원래 그래. 우리는 자식들도 일 많이 시켜 먹었다고 힘들어하는데, 엄마는 절대 그게 아니야.

기준점이 다른 거군요.

딸(박덕순) 생각하시는 게 다른 거지. 우리가 생각하는 거 하고,

부모님이 생각하는 거 하고.

큰며느리(이성자) 저는 서운하고 이런 건 아니고, 지금처럼만 건강하시면 좋겠다는 생각이 들고요. 나는 뭐……. 없어, 이제.

냉정하게 제일 큰며느리가 말한 것처럼 어머님이 솔직히 일을 좀 부려 먹는데 아니라고 하는 게 맞습니까? 검증, 사실 확인.

막내며느리(박현숙) (조용히 고개를 끄덕끄덕)

큰며느리(이성자) 이제 동서 말해.

작은며느리(오인숙) 저요? 아, 이거 말……. 일단 주변을 봐야…….

지금은 갑자기 뒷담화 타임으로 바뀐 거예요?

작은며느리(오인숙) 그니까, 그니까. 다 어디로 가네, 슬슬.

슬슬 가네, 마침.

작은며느리(오인숙) 저희 형님은 처음 결혼했을 때 10년여를 같이 사셨대요. 저는 같이 살진 않았지만, 현재는 지금 가장 가깝게 있고, 여기 막내 동서도 가깝게 있는데. 음……. 우리가 이제 주관적인 시선이 있고, 객관적인 시선이 있어요. 객관적으로 봤을 때 참 우리 어머님 훌륭하신 분이에요. 총명하고, 경우도 바르시고. 주관적으로 들어가면……. 어제 한 얘기 다르고, 오늘 한 얘기 다르고. (웃음)

맞아요. 지금 다들 좋은 얘기만 했는데 이런 게 들어가야 재미
있어지는 거예요.

작은 며느리(오인숙) 그래요, 그러니까. 뭐라고 그러나. 그, 까다롭
고, 이제 어떤 분들은 나이가 들면 대충 좀 정신이 없고 이래야
하잖아요. 그래야 우리가 좀 편한데, 갈수록 더 총명해. 그래
서 만약에 이게 불리하다 그러면 우리 어머님이 딱 지어서 완
벽하게 자기주장으로 딱 만들어서 이야기하세요. 그래서 그걸
당할 며느리는 없다.

논리적으로 당하실 수가 없군요, 세 분이 전부.

큰며느리(이성자) 그렇죠.

작은며느리(오인숙) 예예, 우리끼리는 다 알아요.

답답하니까 뒤에서만 '야 이건 아니지 않니?' 하는 거고.

작은며느리(오인숙) 또 한 가지가 뭐냐면 딸들은 또 불만이 많아.
딸한테는 함부로 얘기 막 하고. 사실 며느리한테는 함부로 얘
기하지는 않아요. 그러니까 며느리한테는 더 잘 대해준다고
딸들은 생각할 수도…….

큰며느리(이성자) 아닌데?

작은며느리(오인숙) 아니야?

큰며느리(이성자) 응, 아니라고 봐. (웃음)

큰며느리(이성자) 아니, 사실은 며느리들한테 특별히 잘해주신 것도 없어요, 우리 어머님.

작은며느리(오인숙) 아니, 형님 주말에 여기 오면은 호박이고 뭐고 다 따가라고 그러잖아. 형님만 오면 다 따가라고 해. 큰집이 오면 못 줘서 난리야, 못 줘서 난리.

큰며느리(이성자) 이거 막 큰집이 몰려가네, 지금. 저는 할 얘기가 많은데 그냥 안 하고.

작은며느리(오인숙) 여기는 따로 시간을 내서 한 시간 타임으로 만나야 해. (웃음)

큰며느리(이성자) 아니야. 근데 제가 볼 때 우리 어머님은 물론 건강하시고 이런 것도 있지만, 그래도 그냥 복이 많으시다. 우리 아들들, 며느리, 딸들, 사위들 다 해서 나는 그냥 그렇다고 생각해요. 그래서 나는 시숙한테도 그래. 어머님은 진짜 복 할머니라고.

작은며느리(오인숙) 엄청나게 부러워하는 것 같은데?

큰며느리(이성자) 아니, 그냥 어머님은 그런 것 같아.

작은며느리(오인숙) 지금 저 연세에도 자식들을 불러들이는 거잖아요. 자기 집에 혼자 계시고, 굉장히 정신력이 강하고 그런 거죠. 앞으로 남은 시간이 즐겁고 좋은 시간만 됐으면 좋겠어요.

증조할머니께 쓰는 편지

안녕하세요? 증조할머니. 저 할머니 증손녀인 지민이에요. 이렇게 편지를 쓰게 되어 정말 기뻐요.

증조할머니의 이야기를 많이 들었는데, 어린 나이에 매우 고생하셨다고 들었어요. 그러나 힘든 시기를 열심히 헤쳐 나오셨고 홀로 자식분들 교육에도 힘쓰셔서 그때 홀로 다섯 명의 자녀를 양육한다는 것이 얼마나 힘든 것인지 저는 잘 모르겠지만, 지금 저희 아빠 혼자서 저 하나 기르시는 데도 매우 힘들어 하시는데, 그때 다섯 명을 훌륭하게 돌보신 것이 정말 대단하다고 생각합니다. 그런 할머니를 뵐 때마다 늘 존경스러워요.

할머니의 수고로움 덕분에 지금의 저희들이 편안하게 잘 살고 있어서 증조할머니께 매우 감사합니다. 저도 그런 할머니에게 부끄럽지 않은 증손녀가 되기 위해 노력하겠습니다. 나중에 가족들이랑 다 같이 여행을 가거나 맛있는 음식을 같이 먹거나 할머니께서 해보고 싶은 것을 같이 할 수 있게 되면 좋겠습니다. 항상 감사하고 오래오래 저희 곁에 있어주세요.

— 할머니의 증소녀인 지민이가

"고개 하나 넘으면 또 고개 나온다, 그게 인생이야"
— 손자 박영수 손주며느리 정정은 증손자 이정 증손녀 이은수

손자(박영수) 할머니, 손주 영수입니다. 할머니 자주 뵈어야 하는데, 못 봬서 죄송하고 자주 이렇게 어깨하고 다리 주물러 드릴게요, 늘 건강하시고. 이렇게 살다 보니까 예전에 할머니가 얘기해주신 것들이 많이 떠올라요. 그중의 하나가 이제 "고개 하나 넘으면, 또 고개 나온다 그게 인생이다"라고, 그때는 편안하게 할머니가 얘기해주셨는데, 그런 얘기가 할머니 삶에 녹아있던 감정이나 교훈을 전수해주신 것 같아서 너무 감사하고요. 늘 건강하고, 행복했으면 좋겠습니다. 할머니, 내일 또 봐요.

손주며느리(정정은) 안녕하세요, 할머니. 저는 할머니의 손주며느리. 벌써 20년 차 손주며느리 정정은입니다. 할머니 처음 뵈러 갔을 때가 성남에 막내 삼촌이랑 사실 때거든요. 그때 보고 벌써 20년 차, 20년 되었거든요. 그때는 되게 정정하셨는데, 활동도 왕성하게 하시고. 성남 골목을 올라다니셨는데, 지금은 이제 아흔이 되셨지만, 백수까지 같이 행복하게 잘 살았으면 좋겠고요. 저 여기 공장 들어오게 해주셔서 감사하고, 매일 밤 우리 공장 불 켜졌는지, 안 켜졌는지 봐주신다고 말씀 들었어요. 손주며느리인데 매번 신경 써주셔서 너무너무 감사하고, 할머

니 늘 건강하시고요. 행복하세요.

증손주(이정) 할머니 증손주, 이정이구요. 할머니 많이 뵙진 못했지만, 그래도 항상 명절 때마다 증조할머니 댁에 모이면 같이 재미있는 기억들이 많아요. 할머니도 늘 건강하셨으면 좋겠습니다.

증손주(이은주) 저는 할머니 증손주, 이은주고요. 오빠 말대로 많이 찾아뵙지는 못했지만, 앞으로 더 많이 찾아뵙도록 하겠습니다. 생신 축하드려요.

여유롭게 편안한 여생 즐기시길
― 손자 박준 손녀 박연희 손자 박정원

세 분은 할머니와 관계가 어떻게 되는지 얘기 좀 해주세요.
손녀(박연희) 여긴 장손, 큰아들의 첫째 아들. 큰아들의 둘째 딸.
손자(박정원) 작은아들의 둘째 아들.

올해 장가간 형의 그 동생?
손자(박정원) 네, 맞아요.

이 셋 중에 나는 장담컨대, 할머니한테 확실하게 혜택받고 자랐다.
장손이 조금 가능성이 보이긴 하는데.
손녀(박연희) 장담컨대 제가 가장 혜택 못 받았다. 왜냐하면 장손
의 둘째 아들로 태어났었어야 했는데, 둘째 딸로 태어나버렸기
때문에.

아니, 근데 둘째 아들도 안 좋아요.
손녀(박연희) 아, 제가 둘째 아들이었으면 막내아들이 안 태어나
지 않았을까요.

근데 제 친구 중에 아들만 삼 형제인데. 둘째 아들이 첫째는 첫째

라서 생각해주고, 막내는 막내라서 생각해주고 둘째만 신경을 안 써준다고 그러더라고.

손녀(박연희) 첫째는 딸, 둘째가 아들.

아, 그랬으면 좋았다.

손녀(박연희) 그랬기 때문에 제가 혜택을 좀 적게 받았다.

저 같은 경우는 손자들 중에 첫째였는데, 우리 할머니한테 엄청나게 혜택을 받았어요. 사랑도 무척 받았어요. 내가 하면 무조건 찬성, 내 동생이 뭐 한다고 하면 반대. (장손도) 분명히 그랬을 가능성이 높아 보여.

손자(박준) 저는 바랐던 게 별로 없었던 것 같은데. 어렸을 때 많이 업혀서 다니고 그랬었어 가지고.

본인은 '뭐 그렇게 받은 건 없는 것 같은데' 할 수 있지만 사촌 동생들이 볼 때는 '에이……' 이런 생각할 수도 있지 않을까요?

손자(박정원) 저는 좀 받은 것 같아요. 저는 사탕도 많이 받았고, 뭘 하든 항상 걱정해주시고. 밤에 어딜 가도 그냥 남원 가는 건데도 가지 말라고, 위험하다고 항상 걱정해주시고 그런 사랑은 많이 받은 것 같습니다.

손자(박준) 나이 차이가 워낙 많이 나다 보니까.

사촌 형제들이 총 몇 명이죠? 큰집이 세 명? 둘째 집이?

손자(박정원) 총 여섯 명.

고모들도 있잖아요. 고모네들까지 하면.

손자(박준) 고모네들까지 하면 둘, 넷에⋯⋯. 일곱에, 아홉에, 열 명.

꽤 되시는구나. 그 열 명의 손자를 다 똑같이 예뻐하셨을까?

손자(박준) (웃음)

아무래도 가까이 사는 손자들이⋯⋯.

손자(박정원) 다 똑같지 않을까요?

그래도 가까이 사는 손자들이 조금 더 혜택을 못 받았다고 해도 그래도 좀 더 예쁨은 받지 않았을까요?
손자(박정원) 생각하는 마음은 다 똑같지 않았을까요.

물론 마음은 그렇죠. 너무 방송용 멘트만 한다. 그렇죠?
손자(박정원) (웃음) 아, 제가 또 방송 출신이라.

아까 엄마들은, 그러니까 며느리 세 분은 뒷담화만 했어요. 그게 더 재미있었어. 근데, 너무 모범적인 답안이라서…… 솔직히 사촌 누구한테. 누구 오빠든, 누구 동생이든, 누구 형이든 이럴 때 할머니가 이렇게 해서 서운한 적 있었다고 하던데요.
손자(박정원) 진짜 하나도 없는 것 같아요.

셋 다 없어요?
손녀(박연희) 저는 아까 얘기했듯이 딸이기 때문에. 남아선호사상이 물들었던 1980년대에 태어났고.

그렇게 느껴요? 진짜로 할머니가 아무래도 딸들보다는 아들들한테 잘해준 것 같아요?

손자(박준) 저는 다 잘해준 것 같은데? (웃음)

손녀(박연희) 원래 당한 사람만 알아요. 원래 맞은 사람만 기억하듯이.

그럼 둘째가 볼 땐 어때요? 누나들, 여동생들이 좀 차별받았다는 생각이 들어요?

손자(박정원) 차별이라는 것보다는 그냥 누나가 생각하게 된 이유는 아무래도 할머니의 사상이 남자는 가만히 있고, 여자는 집안일 해야 된다. 그런 것 때문에 지희가 쉬고 있을 때 누나가 일하고 그래서 그런 게 아닐까.

아무래도 할머니 연세가 그 세대 분들의 사고방식이 대부분 그랬었기 때문에. 뭐, 잘못됐다는 게 아니라 조금 이해해야 하는…….

손녀(박연희) 그런 때가 있었다.

그래도 대신에 엄마, 아빠가 잘해주셨을 거 아니야.

손녀(박연희) 그렇죠, 네.

할머니한테 특별히 하고 싶은 말씀 있으세요? 아무나 생각나는 대로. 없으면 안 해도 되고.

손자(박정원) 제가 먼저 해도 될까요? 할머니, 정원입니다. 다 정리되고 나면 이거 나중에 이거 보실 텐데……. 할머니가 여태까지 계속 일만 하시고, 할머니 노력 덕분에 저희가 다들 잘 먹고 잘살 수 있었던 것 같아요. 할머니의 희생이 아니었다면 저희는 아마 이렇게 행복을 누리지 못했을 거고……. 그리고 남은 시간 여행도 같이 가고, 그렇게 재미있게 마무리했으면 좋겠습니다. 그동안 감사했습니다.

손자(박준) 아직 밭일도 여전히 신경 쓰고 계시고, 이거저거 다 신경 쓰시니까 좀 더 줄이고 여유 있게 계셨으면 좋겠다.

좀 편해지시면 좋겠다?

손자(박준) 네, 좀 더 편하게. 밭을 봤을 때 '저기 예쁘다'가 돼야지, '야, 이거 베어라' 하면서 밭일을 신경 쓰기보다는. 좀 더 좋은 것도 보고, 예쁜 것도 보면서 여유롭게 지내셨으면 좋겠다.

그리고 할머니에게 '구박하지 마세요'라고.

손녀(박연희) 할머니, 남으신 기간 안에 박연희 이 딸을, 손녀를 좀 예뻐해 주시고요. (웃음) 장난이고. 건강하게 잘 계시면서, 조금 더 마음에 평온이 오셨으면 좋겠어요. 그러하지 못하고 좀 각박하게 살아오셨을 시기가 있었을 거란 생각이 들어서. 마음 평온하게, 남은 시간은 조금 더 행복하게 지내셨으면 좋겠습니다.

할머니, 사랑합니다
― 손자 박자연 손주며느리 조혜란

할머니에 대해 이야기해주시면 되는데, 문제는 할머니를 본 적이 얼마 안 됐잖아요. 그죠?

손주며느리(조혜란) 전 아무래도…….

첫인상에 대해 이야기를 하셔도 되고……. 할머니가 손주며느리라고 특별히 또 예뻐해 주시는 게 있지 않을까요?

손주며느리(조혜란) 네. 저 오면 웃는 얼굴로 반겨주시고, 누워있다가도 일어나서 반겨주시고……. 그러실 때마다 많이 오랫동안 뵙진 않았지만, 저를 아껴주시는 마음이 느껴져서. 그래도 뭐 하나라도 더 챙겨드리고 싶고, 제 할머니처럼 사랑해드리고 싶어요.

손주(박자연) 그게 계기가 있었습니다. 할머니 작년 생신 때 혜란이가 핑크 색깔의 엄청 예쁜 옷을 사 왔는데, 할머니가 원래 옷을 입으시면서 아끼거나 자기 스타일이라고 얘기를 잘 안 해요. 그때 (혜란이가) 선물을 잘 골라와서 그 뒤로 임팩트가 딱.

손주며느리(조혜란) 그때부터 뭔가 인식이 된 것 같아요.

손주(박자연) 오면 그전까지는 약간 누구냐 이러셨는데.

저 며느리는 나랑 코드가 맞는 것 같다?

손주(박자연) 맞아요. 그때부터 생긴 것 같아요. 그런 게.

손주며느리(조혜란) 그때부터 저한테 뭔가 이거 먹어라, 저거 먹어라……. 저를 인식하시고.

역시 최고의 효도는 뇌물이야.

손주(박자연) 맞아요.

손주 며느리(조혜란) 그래서 그다음부터 항상 옷 선물.

손주(박자연) 오늘도 옷 선물.

아니, 근데 또 너무 옷만 선물해드리면 '얘들이 나 옷 좋아한다고 해서 매번 옷만 사 오는 거 아니야?' 하시는 건 아니에요?

손주(박자연) 근데 뿌듯한 게, 할머니가 그 옷을 유독 노인대학에 가실 때 제일 많이 입으시고.

자랑하시려고?

손주(박자연) 에. 알게 모르게 자랑 많이 하신다고 들었어요.

이거 우리 도시 손주며느리가 사 온 옷이야, 이렇게.

손주(박자연) 맞아요. 그래서 서울 며느리를 집에 들여야지.

감각이 달라, 이러시면서.

손주며느리(조혜란) 좋아해 주셔서 감사하죠.

가까운데 사시니까 또 자주 뵙겠네요.

손주(박자연) 더 자주 뵈어야 하는데, 또 막상 공장이 가까운데도 자주 못 뵈는 게 좀 아쉽죠.

나중에 후회돼요. 많이 봐두세요.

손주(박자연) 네, 할머니 사랑합니다.

나의 시어머니
— 작은며느리 오인숙

나의 시어머니는 민참봉집 딸이었다. 시집을 오니 가까이에 친외삼촌 분이 계셨고 참 젊잖고 포근하고 호인이셨다.

며칠 전 시집와서 처음으로 시어머니의 친정식구를 또 만나났다. 어머니는 조카라는 분을 만나러 가신다고 동서를 앞 세워 가시더니 조카분을 데려오셨다. 그분 나이는 82세. 어머니는 87세니 한 분밖에 안 계신 오빠분이 일찍 결혼을 하셨던 모양이다. 총명하고 야무진 어머니에 비해 조카분은 기억력이 많이 떨어지셔서 처음에 어머니를 몰라 보셨다고 한다.

"어릴 적 고무줄놀이, 공기놀이할 때도 나한테 많이 혼났지. 둔하다고. 참 온순하고 착해빠졌다고 생각했는데 뇌졸중 약먹고 기억이 깜박거린다고 물어본 거 또 물어보고 말동무도 안 되겠어."

총명한 어머니에 비해 총기가 다소 없으시긴 해도 정말 순하고 착해 보이셨다.

이제야 나는 물어보았다. "어머니 형제분은요?"

어머니 형제는 오빠와 단둘이고 노씨 성을 가진 동생, 그래서 세 분이셨다. 민씨 시외삼촌은 한번도 뵌 적이 없다. 이제 82세된 그의 따님을 뵈었을 뿐이다. 어머니 3세 되던 해 아버지가 돌아가셨으니 어쩌다 돌아가신 줄도 기억에 없으셨다. 부잣집 가장이 돌아가셨으니 집안 어머니의 어머니 즉 시외할머니의 행보는 일제말, 해방, 6·25를 겪으며 시대의 소용돌이 속에서 겪하게 돌아갔을 것이라는 것을 그냥 짐작할 수 있었다.

이후 어머니는 시집을 가셨고 몸종을 데리고 시집을 가셨으니 그 당시 양반가문의 예를 다해 가문이 출중한 집안으로 출가하셨는데, 남편은 학자였던 모양이다. 일본에 유학을 하는 중이었고 아내 되는 사람을 일본으로 데려가기 위해 수속을 밟던 중 해방이 되었다.

해방이 되니 무법천지에 일본사람들이 본국으로 도망쳐가기 바빴고 아수라장 같던 그 시대에 어머니는 요즘 같이 전화가 되는 것도 아니고 몇 달에 한번 오는 편지가 고작일 때 연이 닿을수 없는 먼 타국의 남편을 만나러 갈 수도 없이 그길로 남편과 소식이 끊기고 말았다.

열여섯 살 어린 나이에 결정할 수 있는 건 아무것도 없고 어른들이 시키는 대로 살던 시절, 망연히 남편이 돌아오기만을 기다리다 6·25사변을 겪으며 피난길에 오르다 지금의 운봉에서 정착을 한다.

지금도 그때만 생각하면 남편은 그 당시 죽었을 것이라고 단정하신다. 자기를 데려가려는 수속을 한다면서 고향의 부모님과 형제들이 찾아오지 않고 연락이 전혀 없는 상황을 무엇

約婚記念
1972. 12. 20.

으로 이해한단 말인가?

어머니의 인생은 아마 그때부터 시작인 것 같다. 전혀 다른 인생의 서막이 시작된 것이다.

남편의 생사도 알 수 없는 시집살이, 그리고 전쟁과 피란길은 이때까지 어머니를 둘러싸고 있던 민참봉 집의 딸이 아닌 일개 과부의 삶이 되어 버린 것이다. 난을 피해 이리저리 쓸려 흘러들다 운봉 화수리의 전촌마을까지 피란을 오게 되었는데, 우선 의지가지없는 난리통에 그저 한 몸 몸 담을 곳이 필요했을 뿐이었다.

전촌마을은 화전민이 일군 터로, 박씨 집성촌이라고는 하지만 주막과 마부와 기와를 굽는 터라 기와쟁이들이 살았다. 땅은 지리산자락에 넓게 펼쳐지지만, 해발 500미터 고도에는 겨울에 칼바람이 휘날리며 모든 걸 날려버릴 것 같은 바람골이었다. 거친 바람과 모진 날씨는 사람도 강하게 만들어 놓았다. 그곳에서 자식을 다섯 명이나 둔 홀애비를 소개받아 잴 것도 없이 살게 되었다고 한다. 지금의 시아버지를 만난 것이다. 결혼생활을 한 달을 했어도 과부는 과부였기에 흠 있는 여자가 되어 재취를 가게 된 것이다. 자식이 다섯 명이나 되는 곳에 시집을 갔으니 그 고충은 말할 수가 없었을 것이다.

시어머니가 전쟁 혼란기에 밀려와 전처 자식들이 있는 곳으로 시집와 아이 둘 낳아 지내는 중 알음알음 이 사람 저 사람들이 얽히고설키면서 시어머니의 친정어머니 귀에 당신 딸 같은 사람이 우리 동네에 있다는 소리가 들어갔다. 그 이야기를 들은 친정어머니가 당장 가보자고 해서 왔는데, 물동이를 이고 싸립문을 들어선 시어머니는 친정어머니를 보고 도망갔다고 했다. 친정어머니는 전실 자식이 다섯 명이나 있고 변변치 않은 살림에 두고 갈 수 없다며 당장 집으로 가자고 손을 끌었는데, 전처 자식 다섯 명과 7개월짜리 막내가 친모인 줄 알고 있는데다 이미 시어머니도 그 아이들이 눈에 밟혀 갈 수가 없었다고 했다.

어머니는 자존심이 아주 센 분이시다. 세월의 흔적을 보자면 느낄 수 있다.

시아버지는 남편이 다섯 살쯤에 돌아가셨다. 어머니는 시아버지의 병수발을 오랫동안 하시며, 전실 자식과 당신 자식을 다 키워 내셨다. 시아버지가 돌아가시자 재산을 나눠 분가해 나오셨고, 가까이에 살면서도 데면데면했던 모양이다. 지금도 큰딸이 70세 중반으로 가까이 있는데 이제는 같이 늙어가는 처지라 그런지 별난 음식이 있으면 오고 가기도 하고 지나다 들르고 옛날에는 왜 그랬는지 모르겠다는 이야기도 간간이

하는 모양이다. 나에겐 손윗동서 형님이다. 나는 형님, 형님하고 불러대고 말도 하지만 시어머니뻘 나이 할머니 형님들이 많다. 얼마 전 그 형님의 남편이 갑자기 패혈증으로 돌아가셨는데 어머니에게 와서 그렇게 하소연을 한다고 하셨다. 징징 짜는 게 보기 싫다고 푸념을 하시곤 했다.

어머니는 이곳으로 와서 재가한 후 자식을 다섯 명을 낳았다. 딸 둘에 아들 셋, 그중 둘째아들이 나의 남편이다. 이제는 그 모든 세월을 보상받는 것처럼 자식들은 원만하게 살고 있으며 그중에서도 나의 남편은 어머니 인생의 엔돌핀이다.

오늘은 어머니의 푸념을 들을 요량으로 작정을 하고 나섰다. 어머니는 마을회관을 가셨나? 전화도 안 받으시더니 집에도 계시질 않는다.

겨울 낮과 밤을 이불속에 몸을 의존하다 낮엔 회관행이시다. 사람들 화투 치는 틈에 누어 동네에서 일어나는 이야기도 듣고 누가 가져다 놓았는지 입가심거리들이 회관엔 늘상 있어 심심풀이로는 그만이다. 그것도 속이 좀 편할땐. 아무도 찾아오지 않고 입이 쓰고 말을 하지 않아 텁텁할 땐 회관은 한잔의 커피같은 공간이다.

96세까지 살아온 한 사람의 일생은 살아있는 고목 같다. 마

디마디마다 새로운 가지를 뻗어 새순을 올리고 그 순마다 열매를 열리게 하는……. 그 가지 중 하나는 제 명을 다하지 못하여 스스로 가지치기를 실패하여 사라지는 경험도 했다. 그리고 또 어떤 가지는 크게 번성하여 새로운 고목의 거름이 되고 있고 한 뿌리에서 가지들은 자기 가지 올리기에 여념이 없다.

어머니 텃밭에는 부추가 무럭무럭 자라고 몇 포기 얻어 심은 고추가 주렁주렁 열려 있다. 작은딸을 종용하여 심은 쪽파를 딸들이 거두고 그 작은 텃밭마저 비어 있다. 그사이로 호박 두 포기 심은 게 너울너울 덩굴을 지고 마당을 채울 기세다. 어머니는 당신이 심을 수 없음에도 때가 되면 무씨도 심어야 하고 쪽파도 심어야 한다고 말씀하신다.

오이 모종 두 포기 전봇대 밑에 내가 옮겨 심었는데, 잘못 심었다고 혼이 났다. 나는 오이 모종 가져다 준 시누이에게 형님이 모종만 갖다주면 어떡하냐고 심어주고 가야지, 하고 화풀이를 했다.

어머니는 그렇게 심어서는 오이가 잘 자랄까 뜻도 없다고 하셨는데, 형님은 괜찮다고 했지만, 정성이 부족했는지 잘날 뜻을 버리고 갔다. 얼마나 많은 곳에 정성을 쏟으며 사셨을까. 가르쳐 주지 않아도 알게 되었다.

이제는 마음도 많이 내려놓으신 것 같다. 모든 게 가벼워진 모습이다.

94세 생신잔치

네 자녀와 함께

두 아들·며느리와 함께

외손주들과 함께

두 사위와 함께

손주·손주며느리와 함께

친정 남동생·올케와 함께(2023년 4월)

자녀들과 함께

막내아들과 함께

증손주와 함께

95세 생일잔치

어머니의 기억을 되살리며_삼천포여행